詩集

今昔夢想

秋元　炯

七月堂

目次

はじめに

今回は、今昔物語を下敷きにした作品を集めました。下敷きにしたと言っても、現代語訳ではありません。今昔物語の世界の中に飛び込んで、想像力を自分なりに羽ばたかせたものであります。

今昔夢想

篝火

陰陽師は　満月となる今夜が危ないと云うのだ
鬼に狙われている　門を固く閉ざしておられよ
そう云われて
この館の主は門を厳重に閉ざし
警護の者を門の中に何人も立たせることにした
その一人が俺というわけだ
中庭には篝火《かがりび》が何本も焚かれ
今しも中空に上がった大きな月が見下ろしている
来るとすればもうじきですぞ
いつの間にか陰陽師が後ろに来ている
捨丸とかいう赤鼻で卑しい顔つきの男だ
大丈夫でしょうか

小心者の伊平という男もやって来る
やっ
捨丸が小さく声を上げる
凍り付いたように門のあたりを見ている
何者じゃ　と伊平
あれが
鬼だ
押し殺した声
あの男が！
門のあたりには誰もいないのだが
二人には何か見えているらしい
いかん　こっちへ来る
かすかな
砂利を踏む音
砂利の上に影のかたまり
ぽつりぽつりと連なり　近づいて来る

足跡

気付いた時にはもう脇を抜けている
近くにいた二人の姿がない
捨丸どの
叫ぶと　離れて立っていた男どもが皆こちらを向く
その時　生木を引き裂くような男の声
何人もの足音が館から駆けだしてくる
お館様が　やられてしもうた
みんな刀を手にしている
脇を見ると
また　砂利の上に姿の見えない足跡
落ち着き払った足取りで
門に真っ直ぐ向かっている
丸太を差し渡し固く閉ざされた門
足跡の主はその門をするりと抜け
出て行ったようなのである

物忌み

日はすでに暮れていた
兄の屋敷に着くと　何やら門の中が殺気立っている
篝火《かがりび》をいくつも焚いているようで
塀の上に明かりがもれている
門はしっかりと閉じられている
私だ　大声をあげて何度も門を叩く
答える声がない
だが　門の向こうに人の気配
じっと外の様子を窺っているようなのである
私だ　追剝に遭うて傷を負っている　早く開けてくれ
すると　門の戸の隙間からぎろりと睨む目
血でべっとり濡れた左袖を前に突き出して見せる

門の中から野太い声
今日は物忌みをしております　お会い出来ません
傷がひどいのだ　手当をしてもらいたい
答える声はない
中で何やら相談している
弟が大怪我をしておる
兄の声だ
物忌みとはこのことであったのか
早く開けよ
ぎしぎしと門が開けられる
何と　二十人近くの男どもが立ち並んでいる
その中央に兄
抱きかかえられ　屋敷に入る
衣を脱がされる
左の二の腕に深い刀傷
これはいかん

兄に呼ばれて女どもが駆け寄って来る
兄者よ
なんだ
目がよく見えん　近くに来てくれ
ここにおるではないか
兄の顔が目の前にある
夕暮れ近くから自分の体の中に入り込んでいたもの
黒い泥のような憎しみが　喉の奥からせり上がってくる
もう　うまく口がきけない
逃げてくれ　と云いたかった
右手の先に長い爪が伸びてくる
黒い　鬼の爪だ
起き上がる
体が倍ほど大きくなっている
何も云わず
刃のような爪

たちまち　兄の首を
体から切り落している

橋

鬼なんぞいるわけがなかろうが
そう嘯《うそぶ》いて橋のたもとまでやって来た
鬼が出ると云って誰も渡る者がないという橋
振り返ると
さっきまで囃し立てていた連中も
橋が見えた途端　神妙な顔になっている
何時の間にか人数も半分の十人ほどに減っている
やはり止めておけと叫ぶ奴
早く渡ってしまえとけしかける奴
前には五十間ほどもある長い橋
渡る先は闇に紛れて見えない
近在一の駿馬

さすがの黒龍号も息を荒めている
どうっ
声をあげ　駆けだす
真っ直ぐに伸びている橋
闇の中に突入していく
はるか先
小さな赤いものが見えてくる
風の匂いが生ぐさい
赤い人
女だ
長い髪の女
白い顔
若い女
橋の途中　女が立っていたら鬼だと聞いた
止まってはいかん
馬に鞭を入れて

風のように駆ける
女の
長い髪が左右に広がっている
大きな鳥のような
思った瞬間
倍ほどの背丈に変わっている
藁座布団のように巨大で醜い顔
その真ん中に一つだけの赤い目
血のにおい　獣のにおい
馬の脇腹に隠してあった手槍を引っ掴む
唸り声をあげて向かってくる
それに目がけて
手槍
風を切って
投げつける
唸り声

生ぐさい泥水のような
粘液のようなもの
顔にほとばしってくる
吠え声を背中に聞いて　駆け抜ける
急に闇が薄れてくる
人の声がする
橋の向こうに回り道をして待ってくれていた連中だ
激しく手招きをしている
早く来い
後ろを見るな　早く
後ろから木と石を打ち合わせるような甲高い音
音が追いかけて来る
あと少し
橋の終わりのところが見える
何者かが背後から馬に飛び乗ってくる
両肩に白い小さな手

振り返るとさっきの女
悲しそうな顔
小首を傾げている
振りほどき　振り落とそうとする
その時
衣の胸の合わせ目から　もう一本の手
黒い毛の生えた太い手
指が三本
その先に小刀のような長い爪
顔が鬼に変わっている
なにも
見えなく
なる

蛇身

吉野の山奥に籠って百日
ひたすら念仏を唱え
始めは五穀を断ち　野の草を喰らい
のちには木の実
さらにのちは　一日に粟をたった一粒
心地よいような　眩暈がするような
躰がふわりと浮いてしまいそうな
心の澄みきった境地に到達した
その昼　せせらぎの水を掬って飲んでいた時
目の前の木の枝に小さな虻《あぶ》
まさに飛び立とうとしている
虻をじっと見つめ　その躰に気を押し込める

ふっと飛び上がり　椎の木の頂の上を飛んでいる
椎の脇に髭ぼうぼうの男の小さな姿
あれは
俺だ
思った瞬間　元の躰に戻っている
いよいよ神仙の法を習得しかけているようだ
山に入って　まさしく今日は百日目
今回はここまで
そう思って　山を下りることにした

人里に久しぶりに下りると
何やら汚らしい生臭いにおいに閉口する
取りあえず躰を清め　髭を剃り　身なりを整え
寺に戻らねばならない
通りがかりの百姓家に立ち寄る
井戸を使わせてもらえぬか

家より出て来たのは清ら気な若い娘であった
どうぞ　お使いください
鳥の鳴くような心地よい声
花のような匂い
井戸まで案内してくれる
二日後に祝言を迎えるのです
聞きもしないのにそんなことを話し始める
隣の村の長者の家に嫁いでいくのだと云う
それは目出度い
私も　百日の修行を
今日　無事に終えたばかりなのです

次の日　寺に戻って
その夜　眠りにつこうとして目を閉じると
どこからか華やかな匂い　あの囀るような声
目を閉じていられない

この夜が明ければ
何処かの男と契りを交わすというあの娘
起き上がる
何をしているのだ
自分が自分でないようだ
寺を抜け出し
裸足で駆け始める
心が
躰から離れてしまっている
馬鹿なことだ
転がり　倒れ
起き上がり　獣の叫び
また　駆け始める
川がある
あの村へ続く川
あの娘の家につながっている川

躰が
軽すぎる
川の中へ
頭から飛び込む
うねりながら
水面を滑るように
川を遡っていく
手足の感覚がない
振り返ると
水面のすぐ下に黒光りする丸い胴
蛇に
なってしまっている
いつの間にか　蛇の躰に入り込んでしまった
流れが激しい
下流に押し戻そうとする水
荒瀬にもまれ

躰を右に左にひねり
どうしても
蛇の躰から　抜け出すことが
できない

崖

月の光に照らされた街道
両脇は木の繁みに覆われ　真っ暗だ
真夜中
通る者など誰もいない街道を
俺はひた走っていた
死人の衣を剝ぐために
剝いだ衣を売って幾ばくかの銭を得るために

旅の女が崖から落ちた
その話を聞いたのは日が暮れてからだった
騒ぎが起きたのは一時《いっとき》ほど前
日が暮れる寸前だったらしい

大人数の旅の一行が荷車とすれ違おうとして
一人が誤って足を滑らせた
助けようと下を見ても谷が深くて何も見えない
呼びかけても応えがない
助けに行くにも下りる道が見つからない
一行は長い間泣きながら話し合っていたが
この高さから落ちたのでは命はないだろうし
骸を引き上げるにしても
夜が明けないと無理だと諦めたらしい
落ちたのは若い女
赤いきれいな衣を着ていたのだと云う
聞いていると　その崖はよく知っている処だった
いい茸が採れる俺の秘密の場所だ
そこに下りる道もよく知っている
衣は破れていたとしても　幾らかにはなるだろう
それで俺は　夜が更けるのを待って

誰にも知られないように出かけて来た

茸を採る行きつけの処だが
夜になると景色が随分違って見える
それでもやっと下に続く道を見つける
街道の松の大木の裏から　けもの道が下っている
一歩一歩　足元を確かめながら下り始める
滑り落ちた場所を確かめたので
落ちた先も見当がついている
石ころだらけのせせらぎになっている処だ
そこは木の繁みも覆っていない
月の光で死体はすぐに見つかるはずだ
此処まで来れば焦ることはない
しかし　どうしても急ぎ足になってしまう
そのうち
下から水の流れる音が聞こえてきて

しばらくすると小さな川原に出た
丸い石がいくつも並んで白く光っている
だが　死体がない
このあたりにしか落ちてこないはずなのだが
石に躓き
水を蹴散らし
いくら探しても見つからない
その時
はよう
かすかな声
斜め上の方からだ
見上げると
真っ赤な女
両腕を蝶のように広げ　宙に浮いている
と　思ったのだが
よく見ると木の枝に絡まっている

はよ
たんと褒美は取らせるゆえに
枝先からゆらりゆらりと宙吊りになりながら
女は嬉しそうに白い顔で見つめている

狗

雨はさっき止んでいた
岩屋の外には陽の光も差し始めていた
だが　日暮れが近い
ここを出て山を下りるのなら今しかない　と少女は思った
岩屋の入口近くには
巨大な狗《いぬ》が横たわって眠っていた
薄闇の中
躰の内より光を発しているかのように真っ白な狗

今朝早く
少女は山に入って来た
何日も前から山に呼ばれていた

自分にしか聞こえない声かもしれない
えーい　とも　おーい　とも
来ーい　とも聞こえた
今朝　水を汲みに外に出た時
ことさらはっきりと呼ぶ声を聞いた
夢中で木の繁みをかき分け
あっという間に
これまで来たことのない山深くまで分け入っていた
ふと見ると
何時の間にか雨が降っていた
髪からも顎の先からも雨の雫が滴っていた
そんなことにも気付かずに歩いて来たのだ
途端に　雨が激しくなる
あたりの木の葉を震わせ　音を立てて降り始める
帰る道が分かるだろうか
日が暮れたらどこに泊まればよいのか

山の獣が襲ってきたら
そんなことに思いが巡ると
足がすくんで一歩も前に出なくなった
叱るように打ちつける雨
その時
白い塊が目の端に入って来た
狗だ
目を合わせると　くるりと振り向いて歩き始める
ついて来いとでも云うような様子
ふらふらと後を追うと　すぐにこの岩屋があった
吹き寄せられた枯葉で足元はふかふかしている
少女が坐り込むと
見張るように　少し離れて
狗もごろりと横になる

お館様の家に

嫁に行ったらええがな
三日前　少女は父親に云われた
お館様の倅に　前から目を付けられていた
いつもへらへらと笑っている頭のおかしな男だ
嫁に行けば　好き放題出来るで
美味いもん食うて　きれいな着物《べべ》着てのう
目をしばたたかせながら　父親は云ったのである
その父親が待つ家に帰るのか
しかし　このまま
この岩屋にいるわけにもいかない
意を決して立ち上がる
岩屋を出ていくのを狗は薄目を開けて見ていた
だが　歩き始めても追って来る気配がない
けもの道を下り始める
その時
えーい　と一声

あの声だ
ここ何日も呼ばれ続けていた声
二三歩戻ると　あの狗
立ちつくし　じっとこちらを見ている
えーい　えーい
この狗に呼ばれていた
狗がゆっくり近づいて来る
動けない
熱い息が踵《かかと》にかかる
狗が踵のにおいを嗅いでいる
そっと
踵を舐めてくる
次第に強く
舐め始める

山猫

人里離れた山奥
夕暮れ近く
道に迷った旅人が出会ったのは
怯えた目をした若い男だった
伸び放題の髪と髭の間から
捕えられた獣のように光る目
逃げようとするのをやっと呼び止め
ひと晩泊めてもらえぬかと頼み込む
さんざん頼んでやっと承知させる
男の住まいはすぐ近くだった
岩の割れ目を木の枝で塞いだだけの岩屋が二つ
小さいほうの岩屋に入るように云われる

男はしきりに山の奥の方を気にしている
女房が
帰って来ると云うのだ
岩屋に入ったらけっして外は覗かないでくれ
明日は夜が明けたらすぐに出立してくれと云う
同じことを何度も繰り返して云うのだ
額のあたりを汗でしとどに濡らしている
泊めてさえもらえばそれでいい
旅の男はそう云って岩屋の中に潜り込む
男は岩屋の入口を　木の枝で何重にも覆って塞いでしまう

岩屋の中は真っ暗だ
そのうち日が暮れたのか　さらに真っ暗闇になる
すると　外で男の声
山から女房が帰って来たらしい

男はしきりに泣き言のようなことを云っている
気になった旅の男がそっと枝をかき分け外を見ると
月の光に照らされて山猫がこちらを睨み付けていた
中型の犬ほどの大きさの見事な山猫
灰色に黒い縞模様の猫だ
その前に屈み込んで　男は猫の機嫌を取っている
猫の背中の毛が逆立っている
尻尾も毛が立って膨れ上がっている
猫は他の男を泊めたのが気に入らないようなのだ
男が岩屋の方に這い寄って来る
旅の人　まだ起きておいでか
起きております
明日　夜が明けたら
かならず
かならず直ぐに出て行ってくださいよ
承知しました　明るくなりかけたら直ぐに

旅の男がそう云うと　男はやっと離れて行った
女房というのは　あの大きな山猫のようなのである

夜中
旅の男はごろごろという異様な音で目が覚めた
浅瀬で丸い石を転がしているような音
耳を澄ますと
猫と男がいる隣の岩屋から聞こえているらしい
あずり
感極まったような男の声
また聞こえた
あずり　あずり
それに覆いかぶさるようなごろごろという音
あずりというのは猫の名前なのだろう
猫が喉を鳴らして　男に甘えているようなのだ

次の朝
旅の男がまだ眠っている時
がさがさと木の枝を払いのけて
男が起こしにやって来た
外に出てみると
まだ空はほんの少し光が差したくらいだ
男に教えられた本道に続くけもの道
下り始めて振り返ると
男が仁王立ちになって見送っている
その後ろからあの山猫
男の肩に飛び上がる
男の首に巻き付いて　耳のあたりを舐めている
こちらの方をじっと睨み付けながら
執拗に舐め続けているのである

一本道

厚い雲の下
昼過ぎだというのに街道は夕暮れのように暗い
だが　帰り着く村まではあと少しだった
左手は芦原
右手は山の急な斜面が迫っている
このあたり　道が妙に真っ直ぐに長く続いていて
近在の者は一本道と呼んでいる
寒さが厳しい所為なのだろう
見渡す限り人の姿はない
はるか遠くまで白茶けた道が伸びている
よく見ると
道の彼方に黒い点

小さな猫　いや仔狗《こいぬ》だ
こちらに向かって来るらしい
そのうち道を逸れるだろうと思っていたが
いつまでも道の中央
次第に姿が大きくなってくる
仔狗より少し大きいかもしれない
痩せた狗だ
よそ見をしながら近づいて来る黒い姿
狗
と思っていたが
男　だった
どうして狗に見えたのだろう
黒い毛皮をまとった男
ゆっくりと近づいて来る
このあたりでは見かけない奴だ
すると

急に大股になり
速足で向かって来る
黒い
多分熊の毛皮の半纏
真っ赤な袴
大柄の男が
いきなり　駆け出す
肩をいからせ
大目玉を剝いて
なんと
口の端から猪のような牙
けたたましい笑い声を上げながら
両手を広げ
掴みかかって来ようとする
鬼だ
慌てて脇の芦原に駆け込む

ばりばりと枯れた芦を踏み散らす音が追って来る
もう駄目だ
思った途端
急に　どこから現れたか狗の声
振り向くと走り去る茶色の大きな狗
その前　追われている長い尻尾の獣
狐だ

橋の鬼

夜が明けると
橋のたもとに　またあの男がやって来た
ぼろぼろの衣をまとった
目つきの鋭い男だ

橋の下には
溜まった闇の中　鬼がじっと潜んでいた
甲羅を経た鬼であった
橋に取りつき
橋を渡る者を襲う鬼
今はこの橋に一年近く前からいる

鬼が出るという噂が広まると
橋を渡る者はいなくなる
それで　橋を次から次と変えねばならない
この橋で殺めたのはまだ一人だけだが
橋のたもとに妙な男が毎日現れるようになった
坐り込み　朝から日の暮れるまで念仏を唱えている
それは別に不快ではない
むしろ快い　眠くなるような響きなのである
この男がやって来てもう九十九日
橋に入り込みさえすれば
すぐに喰ってやろうと思って　待っているのだが
念仏を唱えるばかり
それで　こんなに日が経ってしまった

鬼が出るという噂を聞いても
橋を渡ろうとする者がいないわけではない

己の力の限りをわきまえない無分別な男
危険なことをやり遂げ　名を高めたいという奴
だが　この男からは
そんな上ずった心は見えてこない
どうか橋を渡らせたまえ
祈りの声が一段と高くなる
鬼の頭の中で大水の時の渦巻く水のような
ごぶごぶという音が響き始める
この疼きは何であろうか
もうこの橋も潮時なのかもしれぬ
また橋を変えるのか
それにしても
いったい何時まで人を殺め続け
人に恐れられ憎まれ　嫌われ続けねばならんのか
そもそも　何時まで命をつないでいけばよいのか
何時から　鬼となり人を喰らってきたのだったか

なにも分からん
これまで　考えることなどなく
考える前に動き　走り　殺してきた鬼であった
そろそろ潮時かもしれぬ
鬼はまた考えていた

次の日の朝
念仏を一通り唱えると
男はいきなり橋に踏み込んで来た
鬼は考える間もなく巨体を現し
長い爪　三本指の腕を広げ
橋の真ん中に立ち塞がっていた
その姿にひるむこともなく歩いて来る男
その目には恐れも憎しみもなかった
がらん堂のように風が吹き抜ける心を持った男
鬼は立ちつくしていた

男は真っ直ぐ近づいて来る
この男の中身は
颪だ
思った瞬間
鬼は颪そのものになっていた
男の躰の中　踵《かかと》から入って鼻からずぶりと抜け
それから　空に舞い上がった
こんな橋にはもう　さらばだ
哄笑を
空に響き渡らせ
飛んで　飛んで
鬼は遠くの国の橋を目指して去って行った
橋の上では
襤褸を翻らせながら
男は空を見つめ　立ちつくしていた

鬼の腕

山ごもり　館の者には　そう云ってあった
滝に打たれ　岩を投げ転がし
聞きかじりの
僧たちの荒行というのを片端からやって七日目
ろくに物を食っていないので目が回り始めてきた
馬番の爺が俺を捜しに来たのは丁度そんな時だった

家に鬼が来た
いきなりとんでもないことを云う
それを　兄が剣をふるって追い払ったらしい
それで済んだのなら　よいではないか

いや　そうは参りませぬ
鬼はまたやって来るのだと云う
兄は鬼の片腕を切り落としたのだが
自分も脇腹にひどい傷を負った
起き上がるのもままならないらしい
それでは　相打ちということか
左様で
剣の腕は兄者の方が上だからのう
帰っても俺では敵わんかもしれん
いえいえ
と顔中髭だらけの爺が云うのである
あなたの方が鬼退治には向いております
兄は生真面目過ぎていかんと云う
あなたのような八方破れの方でないと
鬼には敵いませぬ
そんなものかい

それで　俺は息せき切って館に帰って来た

土間の片隅に赤黒い物が転がっている
鬼の腕だ
黒い針のような毛が生え
男の太腿程もある大きな腕
こんな腕をよく切り落とせたものよ
呑気なことを云っていては困ります
これを鬼が取り返しに来るのだと云う
そんなことを云って　逃げて行ったらしい
それなら　火にくべてしまえばよいではないか
中庭に薪を積み上げさせ
鬼の腕を載せて火をつける
途端に空がどす黒く曇ってきた
夜中のような暗さ

もっと薪を足して燃やしてしまえ
すると　何やら慌てふためいたような足音
門の外に迫って来る
俺は太刀を抜いて火の脇で待ち構えている
呼び集めた腕利きの連中が五人
後ろで弓に矢を番えている
がりがりと門を爪で掻きむしる音
火はさらに燃え上がる
きな臭いにおいが立ち込めてくる
鬼！　来い！
門を蹴破って
藁座布団くらいもある大きな顔
大目玉を剝いた鬼が　つんのめるように駆け込んで来る
五本の矢を胸板に突き立てられながら
仁王立ちに立ち塞がる鬼
右腕の肘から先が無い

白刃一閃
頭を真っ二つにしてやろうと切り込んだ
手応えはあったのだが
鬼はかき消すように　いなくなっていた
焚き火を振り返る
薪の上には何もない
鬼は腕を取り返して
命からがら逃げて行ったようなのである
太刀の先から　粘りつく鬼の血が滴り続けている

狗鳴山

狗山《いぬやま》というのは　狗に獣を追い詰めさせ
猟師が弓で仕留める猟のこと
太一はまだ十二になったばかり
一人で狗と山に入るのは今日が初めてだった
半年前から親父に連れられ猟に出ていた
その親父が足を傷めてしまったのである
初めはなんも獲れんでもいいから
狗と山に行ってみろ
親父に云われた

獲物を見つけるのも捕らえるのも狗がやる
傍から見ていて

なんということもないと思っていた
だが山に入ると　狗どもが思うように動かない
これまで遊び半分で猟に付いて来ていた
その太一しかいないとなると
狗も遊びの気分になってしまう
山に入ると
五匹の狗どもはどんどん沢の方へ向かって行く
これまで許されなかった道を行けるのが嬉しいのだ
獲物がいるのかと思って付いて行くが
一向にその気配がない
沢に何度も入って水しぶきを跳ね上げている
どうも水遊びがしたかっただけのようなのである

五匹の狗の頭はハセと云った
ハセを呼びつけ
いつもの猟場の山の方を指さして

行け　と叫ぶ
何ということか
牙を剝きだして唸り始める
人に向かってこんな仕草をするのは初めてだ
すると他の狗どももやって来て
皆　太一を睨み付けて吠え始める
狗の躰が急に大きく見える
体格では太一とさほど変わらない
五匹で向かってきたら敵わないだろう
太一は腰の山刀を抜いて身構える
ハセ！
黙れ！
さらに激しく牙を剝き
唾を吐き散らしながら迫って来る
その時
右肩の後ろあたりから生臭いにおい

振り向くと
目の前に巨大な蛇
大口をかっと開け　二股の舌が鼻先に伸びて来る
咄嗟に山刀で切りつけると
蛇は木から離れて絡みついて来る
左腕に噛みつかれる
胴が太一の腿ほどもある大蛇だ
腹を締めつけられ　一瞬　息が止まりそうになる
もう駄目かもしれん
そう思った時　急に締めつけていた力がゆるむ
すかさず　蛇の胴に切りつける
見ると　五匹の狗どもが
蛇の胴のあちこちに喰らいついている
今だ
もう一度　刀を振り下ろし
蛇の頭を切り落とす

頭を失くした蛇は弾けるように大暴れして
噛みついていた犬どもを跳ねのけてしまう
だが　すぐに躰から力が抜け出て行くのが分かる
太一はその場にうずくまり　しばらく立てなかった
気が付くと　腕の傷をハセが舐めてくれていた
立ち上がり
切り落とした蛇の首を掲げ　狗どもに見せてやる
狗ども　一斉に雄叫びを上げる
蛇の首を背負い籠に放り込んで
今日はもうこれで帰ろう
歩き始める
よし　行け
狗どもも素直に付き従ってくる
今日は不猟だったが
明日からは何とかなるかもしれん
太一はそう思い始めていた

狗山

狗《いぬ》を使って獣を狩る狗山
男はこのところ不猟続きであった
左手の怪我の所為もあるが
以前のように狗どもが思い通り動いてくれない
それもこれも　この春
あの大熊に出会ったこと
あれがけちのつき始めだ
七匹の狗どもの頭はクロと云った
あの時　クロがへまをしなかったら
男は何度も舌打ちをして　頭を激しく振った

この春

男はいつもの狩場から足を伸ばして
霞沢というあたりを歩いていた
狗どもが急にざわめきたったと思った瞬間
見たことのない巨大な熊
後ろ足で立ち上がって　狗どもに囲まれていた
狗どもは逡巡していたが
クロが先頭に立って　左右から猛烈に吠え掛かる
その隙に　男は弓を番えて近くまで寄る
どけ！
矢を射るぞという狗どもへの合図だ
いつもはさっと獲物の前を空けるのだが
クロが一瞬遅れた
矢は熊には当たらず　クロの後ろ足を射抜いていた
しまったと思った瞬間　熊が襲い掛かってくる
前足の一撃で左手をやられ
横ざまになぎ倒される

上にのしかかって来ようとする熊
もう駄目だと思った
だが狗どもが熊の背後から襲い掛かり
後ろ足に噛みついたため
熊も気圧され踵を返して逃げて行った

クロの傷が癒えて
山に連れて行けるようになるまで半年かかった
クロが戻っても　狗どもの動きは　ちぐはぐだった
クロが山に入れなかった間　頭となっていたまだら模様の狗
この二匹の仲たがいもあからさまになっていた
狗がうまく動いてくれないために
獲物をもう少しのところで逃がすことが多くなった
あの熊が出た沢には　あれ以来近づいていなかった

どこか他の山から流れて来た熊だ

出来るだけ考えないようにしていたあの時のことを
男は漸くゆっくり思い起こしてみられるようになっていた
俺が倒れて　熊がまさに飛び掛かって来ようとした時
熊の後ろ足の先を捩じ切らんばかりに噛みついていた奴
他の狗は吠えたてていただけだった
噛みついていた狗の後ろで
ぴりぴりと震えていた白い物
あれは
俺の矢だ
矢で射られ傷つきながらも捨て身で守ってくれた狗
クロだった
クロに対する不信の思いが溶けていく
矢の的が外れたのは己の腕が未熟だったたから
熊の巨体を見て　慌ててしまっていた
この狗を　大事にしなければならん
その日から

餌をやる時
クロに一番先に与えて
他の狗は少し待たせることにした
また　クロには特に念入りに毛づくろいをしてやる
そんなことを始めて　しばらくすると
狗どもの動きが妙に良くなった
クロはもう老年に差し掛かり
躰つきもまだら狗に見劣りするようになっていたが
毛艶が良くなると躰も大きく見えるようになった
序列がはっきりしたことで
狗どもは一糸乱れぬ動きをするようになった
主人の扱いを他の狗どもも脇から窺い見ていたのだ

山は秋を迎えようとしていた
今日もクロを先頭に狗どもと一緒に山に入っていく
足が軽い

この秋　熊が冬眠に入る前に
もう一度あの沢に出かけて
熊と決着をつけておかねばならん
男はそう考え始めていた

鼻

池の尾で知らない者はない禅智内供《ないぐ》*
内供とは帝の健康などを祈る高僧の役職
これは禅智がその内供に任じられた時の話

高僧禅智の鼻
顎の下あたりまで長く伸びている
歩くたびにぶらぶらと揺れる鼻だ
その鼻を余計にぶらんぶらんさせて
禅智は寺に戻って来た
先月　十人いた内供の一人が亡くなったばかり
その後に坐ると目されていた僧は何人もいたのだが
その者たちを追い越して

禅智が内供に選ばれたと云うのである
珍奇な顔をしているという引け目もあって
ことさら熱心に修行をし
人の嫌がる雑役も進んで引き受けるなど
僧としては申し分のない禅智であった
だがまだ若い
宮中に出入りする僧があの面相では
と云う者もあったらしい
面相という言葉が出た途端
面相をとやかく云うとは何事ですか
大僧正の　声は穏やかだが厳しい一喝
評定の座は一瞬にして凍り付き
禅智を内供とすることで
たちまち話はまとまってしまった

次の日の朝

広間で　皆で粥を食べようとしていた
禅智は鼻が邪魔なので
いつも片手で鼻を持ち上げて　匙で食べるのである
食べ始めようとすると
ちょっとお待ちください　と脇から云う者
木のへらのような物を持ち出している
ご不自由でしょうから
私が横から鼻を持ち上げておりますと云う
とんでもない　そんな厄介はかけられません
いやいや
内供奉《ないぐぶ》となられるお方ですから　この位は当然
禅智がいくら断っても相手は引き下がらない
お陰で　誰も粥に箸をつけることが出来ない
どうぞどうぞ
そのようなお気遣い　おやめください
泣かんばかりに頼んでもこの大男の僧

大きな目を剝いてにじり寄って来る
他の僧たちも口々にこの僧の味方をし始める
何ということでもございません
これまで気づかなかった我らが愚かでした
どうかお役に立たせてくださいませ
床に額を押し付けるようにして懇願する者もいる
こうなったら　致し方ない
不承不承に了解する
狸のような顔をした大男の僧
恭しく木のへらで鼻を持ち上げてくれる
幼いころから恥ずかしくてたまらなかった鼻
赤紫色で
大きな毛穴がいくつも憎々しげに開いている
それが今　持ち上げられて　目の前に鎮座している
かたじけない
思わず涙が湧いてくる

自分でもなにか心地よい
清々しい涙なのである

＊芥川龍之介「鼻」

かまど猫

木助はまだ三つだった
焼き畑の火入れの日
親たちは出かけていて　一人で家にいた
戸口には突っかい棒が掛かっていたが
厠に行くため　戸を開けると
顔も着ているものも真っ黒な男が立っていた
目だけが金色に光っている
ぼう
それだけ云うとゆっくり近づいて来る
骨と皮だけの細い手
黒い鉤爪が生えている
ぼうよ

手を伸ばして来る
すんでのところでかわして家に逃げ込む
戸を閉めて突っかい棒をかませる
だが　戸の下の方に開いた板の継ぎ目から
黒い手が伸びて来る
鴉の脚そっくりだ
聞いたことのある鴉天狗という奴かもしれない
黒い手はたちまち棒を外して
そろそろと戸を開け　中に入って来る
父ちゃん！
叫んだが　山まで聞こえるはずはない
もう　逃げられない
そう思った時
脇のへっつい*の灰がもこもこと動き出す
脚が伸びて　目がぎろりと光る
木助が生まれる前からこの家にいる猫だ

黒猫なのだが　灰の塊のようになっている
もさもさした奴が天狗の前に立ちはだかる
天狗よ
声は聞こえないのだが
なぜか云っていることが分かる
この坊はな
この家のたった一人の倅ぞ
取らせるわけにはいかん
天狗　構わず近づいて来る
わぎゃあー
物凄い唸り声
天狗　思わず立ち止まる
猫　いきなり梁に跳び上がる
急に巨体になったように見える
天狗　去《い》ね！
天狗の顔目がけて飛び降りる

ぼろ布が顔に巻き付いたような姿
天狗　慌てて引きはがそうとするが離れない
黒い羽根を飛び散らせ　外に転がり出る天狗
猫がやっと顔から離れる
天狗　爪を立てられたのか目を開けられない
体中　灰だらけになってしまっている
血が一筋　顔から流れている
うぎゃあー
猫がもう一度唸ると
いつの間にか周りに十匹ほどの猫
近所の猫がみんな集まって来ている
隣の家の乳離れしたばかりの子猫まで交じっている
ぎゃあぎゃあと　声を合わせて鳴き始める
天狗　急に小さくなって
鴉とあまり変わらない姿
こらけっ！

訳の分からない叫びを残して
飛んで逃げて行ってしまったのである

＊竈《かまど》のこと

星月夜

馬に乗せられ　盗賊たちに囲まれて
もう半日ちかく連れ回されている
どこへ行くのかは分からない
警護の者たちは襲われ　殺されてしまった
自分も衣を剝がされ殺されるところだった
ちょっと待て　その若い女は連れて行く
頭領らしい男がそう云った
ぎらぎらした目つきの　汚らしい男
どこへ連れて行かれるのかは分からないが
殺されるのだろうし
その前に　もっと酷い目に遭わされるのだろう
日が暮れてきた
まだ目当ての処には着きそうもない

馬に揺られながら
さっきから従姉妹のことばかり考えている
七年前に死んだ従姉妹
姉のように慕っていた人だった
それにしても
親でも弟たちでもなく
こんな命の途切れそうな時に　なぜあの人なのか
日が暮れて　月が出た
もやもやとして思い出せないことがある
従姉妹が亡くなった年　何があったのか
従姉妹が流行り病で亡くなったのは秋
最後に会ったのは夏の盛りだった
その時　私はまだ七つ
従姉妹は三つ上　男勝りの元気な人だった
二人で川に行って　泳ぎを教えてもらった
なぜか　泳ぐことになった

それまで　川に入ったことさえなかった
従姉妹は泳ぎも達者だった
一日　朝から夕まで川にいて
すっかり泳ぎを教え込まれた
あれから七年
その後　泳ぐことは一度もなかった

月が薄雲から出て
あたりがふっと明るくなる
すると右手の地の底ふかく
何万もの小さな光が沈んでいる
水面だ
満天の星が映っていると分かるのにしばらくかかる
琵琶湖のほとりまで来ているらしい
芦が一面に茂って
その向こうに広大な湖

そして
七年前のこと
従姉妹が
助けようとしてくれている
ちょっと
と手綱を持つ男に云う
用を足したい
頭領の男が渋い顔でうなずく
馬から抱き下ろされて
芦の間に入って行く
少し離れていてください
付いてこようとした男を足止めして
さらに奥に入って行く
しゃがみ込んで
笠を脱いで
芦の茂みにかぶせる

素早く衣も脱いで
笠の下に巻き付かせる
素裸になって浅瀬に入って行く
笠と衣が身代わりとなって
男どもをしばらくは押しとどめてくれるはずだ
水が深くなってくる
月を見上げる
雲のかたまりがひとつ近づいて来る
月が隠れた瞬間
水の中に滑り込む
七年前に習った泳ぎを
体はしっかり覚えている
なめらかに
泳ぎ始める
満天の星と月に
見守られ

鼻欠け

五平はすこし頭の弱い若者だった
松の根元の石仏に毎日手を合わせて
それから漁に出かける
あちこち傷だらけ　おまけに鼻が大きく欠けた石仏
もとは何処かで捨てられ
地曳網にかかったのを貰ったものだった
こんなもの拝んで　なんになる
止めておけ
海にもう一度捨てて来い
気の荒い漁師仲間に怒鳴られても
五平は黙って首をすくめているだけで
このことだけは決してうんと云わない

みっともないことこの上ない石仏だ
大人だけでなく子供らにも馬鹿にされて
時々　蹴り倒されていることもある
そんな時は　五平は黙って仏を元に戻すと
余計に熱心に手を合わせている
仏を貰い受けてから一年が過ぎた
五平は十七になっていた
風の強い朝
まだ明けきらない薄闇の中
今日も五平は仏に手を合わせていた
鰹を獲る長い漁に出かける日だった
船の無事　船の仲間の無事
魚がたんと獲れること
祈り終わって立とうとすると
後ろからぐいとつかまれたような気がした

右の袖に近くの木の枝が絡まっていた
引き離そうとするのだが　なかなか外れない
船の出る時間が迫っている
焦ると余計に絡まりついてくる
えい
思い切って左の手で絡んだ枝を折ると
五平は坂道を駆け出していた

浜に着くと
もう船は今にも出ようとしていた
船に飛び乗ろうとして
後ろの遠くから声
振り向くと　あの仏のある松の木の黒い影
親方
今日　船　出すんは　止めにして
思わずそんなことを口走っていた

親方は何も云わず
五平の腕をつかむと船の上に放り上げた
何事もなかったように船は浜を滑り出していた

五日で終わる予定の漁だった
船が出るとすぐに海が荒れた
他の船は皆　帰ってきたのだが
五平たちの船は七日経っても帰って来なかった
船が沖で沈んだ
そんな話が伝えられたのは船が出て八日目
すぐに仲間の船が助けに出た
十一人いた漁師の中で
助けられたのは五平だけだった
木っ端につかまって波間を漂っていた
浜に連れて帰られ
何処にも怪我はないように見えたが

左手をやられていた
その手はとうとう元には戻らなかった

鼻欠けの仏に漁に出るのを止められたこと
押し止めようとした枝を左の手で折ったこと
五平はとつとつとそんな話を聞かせて回ったが
村の者は誰も相手にしなかった
その後
五平は随分長生きをして
嫁ももらい　ひ孫まで出来たが
仏に詣でることを一日も休むことはなかったし
子や孫たちも並んで手を合わせるようになっていた
八十七になった朝
五平は鼻欠けの仏の前で倒れていた
仏に助けられて七十年
村の誰よりも長生きをして

じつに安らかな顔で見罷っておった

海難

ねえ　ちょっと来て
見てください
女房が脇に来て　押し殺した声で云う
ついて行くと
縁側が見える角の部屋
柱の陰から庭の方を窺っている
私にも見てみろと云う
あの子がまた
鳥と話をしております
見ると
縁側の脇の橘の木に鳥が群がっている
三つになる倅が　鳥たちに甲高い声で何か云っている

鳥がやって来て　倅の肩や手にとまる
なにやらしきりに囀っている
倅が笑うと
鳥ども一斉に鳴き騒ぐ
話をしているというより
鳥がなついているのだろう
倅はやさしい子だから　と女房に云う
話をしていますよ　気味が悪い
死んだ前の女房の子である倅に
女房はなかなか馴染めないようなのである

そのことがあってから半月後
命を受けて
備前の国に家族ともども向かうことになった
摂津から船を出して　夕暮れ近くなった頃
急に船尾の方が騒がしい

倅が海に落ちたと云うのである
駆けつけると
女房が船べりにしがみついて泣き叫んでいる
用を足させようとして　手が滑ってしまったのだと云う
私も後を追います
体を乗り出して海に飛び込もうとする
それを男どもが三人がかりで引き留めている
海面は大波が次々と寄せて来て
倅の姿はどこにも見えない
とんでもないことが起こってしまった
女房を船倉に押し込め
積んであった小舟を二艘おろし
本船と合わせて三艘で倅を捜すことにする
だがすぐに日が暮れてしまう
真っ暗な水面を漂いながら
皆で声を嗄らして倅を呼ぶが　応えはない

押し潰そうとするかのように闇が覆いかぶさって来る
果てしなく続くように思えた長い夜
東の水平線がようやく明るみ始めた頃
皆　もうくたびれきっていた
すると
海の彼方に尖った山のようなもの
息をするかのように蠢いている
あれは鳥山ですと誰かが云う
水面近くに来た小魚を鳥どもが狙っているらしい
ものすごい数の鳥だ
そうだ　あの子には鳥を集める力がある
あの鳥山に近づいてみよ
船を近づけると鳥の数がますます多くなる
鳥が多過ぎてなかなか水面が見えない
鳥どもはなにか喧しく鳴きながら飛び回っている
さらに船を進める

鳥どもが群がっている中心あたり
丸く空いているところ
白い光の玉が浮かんでいるようにも見える
水面になにかいる
波の上に
立っておられます
なんと
倅がにこにこと笑いながら
水面からすっくと立ちあがっている
漕ぎ寄せると
その足元に巨大な蒼い影
海亀が倅を守って躰を支えてくれていたのである
船を寄せて小さな躰を抱き上げる
その途端　鳥どものつんざくような叫び
何千羽もの鳥が鬨《とき》の声を上げたのであった

鳥寄せ

昔から鳥に好かれ
常に鳥が身の周りに寄って来る子供であった
名家の長子に生まれたが
長じてのち　家督を弟に譲り仏門に入った
やはり　道を歩いていても寺にいても
鳥が集まって来る
それで　鳥寄せの聖人と呼ばれるようになった
慈悲深い聖人だというので
飢饉で食えなくなった者が寺に集まって来る
飢えた狗や猫もやって来る
中には盗賊などの罪人が紛れ込んでいることもある
ある時　逃げ込んだ罪人を捕らえようと

役人が寺に押しかけて来た
だが　頼って来た者を見棄てるわけにはいかない
何度行っても寺に入ることは出来なかった
この時の役人の長
乱暴者で有名な男であった
手下どもでは埒が明かない
しびれを切らして郎党を従え　自らやって来た
先に行かせた男どもが戻って来る
どうしても門の中に入れないと云う
門を閉じているのなら打ち破れ
門は開いております
僧どもが大勢で守っているのなら追い払えばよいではないか
いや　年寄りの坊さんが一人立っているだけです
さっぱり要領が掴めない
役人の長　太刀を握ると
先頭に立って寺に近づいて行く

門は大きく開いている
そこに痩せた坊さんが一人立っている
門の周りに黒山のように鳥がたかって騒いでいる
門自体が鳥の群れでできているような有様だ
おい
そこをどけ！
怒鳴りつけるが
何も答えない
ただ　にこにこと笑っている
馬鹿にしているのか　単なる馬鹿なのか
ぎらりと太刀を見せても
すっくと立ったまま笑っている
太刀を振り上げると
途端に鳥どもが鳴き叫ぶ
門が倍の大きさに膨れ上がる
坊さんの肩にいつの間にか巨大な鳥

鷲みたいな奴がとまっている
脅すように翼を広げ　睨み付けてくる
前に進むことが出来ない
これ以上近づくと
鳥どもが爆発する
何だかとんでもないことになりそうなのである
そこを　通してくだされ
ただ　笑っている
この坊さんに見つめられると
胸に風穴が開いたような気がする
思わず　膝をつき
御坊　通してくだされ　頼みます
なぜか涙があふれてくる
もう
門を通ることなどどうでもいいような気がしてくる
この御坊は

有り難いお方じゃ
絞りだすような声
見回すと
郎党どもも皆膝をつき
手を合わせているのである

三人兄弟

川は流れが速くて　立っていられない
盗賊どもに孫娘を奪われ
川に突き落とされた老夫婦
流木にやっと掴まり流されていると
はるか下流で笑い騒ぐ声
裸の大男どもが水を跳ね散らしている
相撲取りのような背格好の奴が三人
流れに足を取られそうになるのが　面白くてたまらないようなのだ
流木にしがみついた二人を見つけると
大笑いしながら近づいてくる
どうやら　同じようにふざけていると思ったらしい
木を沈められそうになって悲鳴を上げると

やっと遊びではないことが分かったようだ

川原に引き上げられた老夫婦
その間も大男ども　けたけた笑い続けている
やっていることは子供だが　三人とも髭面だ
よく似た顔なので兄弟らしい
奇妙に歪んだ顔
片方の目だけが異様に大きい
ぎゃあぎゃあと叫ぶばかり
言葉がうまく通じない
孫娘がさらわれたのだ
なんとか助けてもらいたい
必死の思いで繰り返し訴える
急に　一番末の弟らしいのが真顔になり
聞き返してくる
むすめ　たすける　どこ

川を遡って橋まで行って
そこから街道を追って行くしかない
だが　この男どもには到底伝わらないだろう
すると
三男坊が他の二人に何かぎゃあぎゃあと伝えている
一番髭の濃い男が　いきなり爺さんを肩に担ぎ上げる
二番目の男が婆さんを担ぐ
どこ
三男坊が血走った目で云う
あっちだ
爺さんが指さすと　途端に駆けだす
どこ　どこ
こっちだ　川上だ
物凄い足の速さ
獣のように岩を飛び移り　たちまち橋に着く
こっち　こっちだ

街道に上がると　さらに凄い速さで駆け始める
うぉーっ　と叫んでいる
叫びながら大笑いしている
なにかの遊びだと思っているのかもしれない
すると　はるか先
盗賊どもの馬が十騎ばかり
赤い着物の娘らしい姿も見える
それが見えた時
爺さんはなぜかもう
孫娘は無事に助けられると確信していた
むすめ　あれだ
助けるんだ
うぉーっ　ぎゃあー

素っ裸の大男三人が駆け寄ってくる
盗賊どものあっけにとられた顔

大男のぼさぼさの髪の間から
爺さん婆さんの小さな顔が見えている
そして　紙人形を吹っ飛ばすようにして
盗賊どもを蹴散らし　娘を助け出すには
ほんの一瞬の間しかかからなかったのである

忌夜行日

今日は忌夜行日
百鬼夜行が出るという日だ
早く帰るつもりでいたのだが
つい遅くなってしまった
百鬼夜行など本当にあるのかどうか
何れにせよ夜が更けなければ出て来ないだろう
そんなことを考えながら一条大通りまで来た
道の彼方から騒がしい音が近づいて来る
慌てて物陰に身を潜める
百鬼夜行にしては何やら愉しげな声
よく見ると踊っているような格好
二十人ばかりの群れだ

大男が三人
その後ろに鉦や太鼓を持った男と女が続いている
ようやさ　ようやさ
掛け声とともに大手を広げて高く上げ　踊っている
先頭の　並の人の倍ほども背丈のある三人
話に聞いたことのある連中らしい
何処かで怪物退治をして
京に乗り込んで来たという兄弟だ
ひとつ目の三兄弟
たしかに片方の目は大目玉で
もう一方は塞がって片隅に追いやられている
何か両手に持って踊っている
下駄だ
まな板みたいに巨大な下駄
そして足は裸足だ
なぜ下駄を履かず　手に持って踊っているのか

訳が分からない
年格好は先頭が一番上で
年の順に並んでいるようだ
末っ子も髭面だが　まだあどけない顔
そいつも下駄を持って踊っているが
小さな赤い鼻緒の下駄だ
自分の下駄はどうしたのだろうと　よく見ると
すぐ後ろに若い小柄な女がついて来る
にこにこ笑いながら
大きな下駄を胸の前に抱きかかえている
三男坊の女房なのかもしれない
ようやさ　ようやさ
後ろの連中も鉦や太鼓を叩きながら歌い踊っている
酒の甕のようなものを抱えた男もいる
何とそれは　よく知っている大酒飲みの爺さんだ
弥平はん

思わず声をかける
おう　あんさんもついて来《き》いや
これからな
化け物が出るて云う家に行きますねん
よく聞くと
先月　旅の者が知らずに泊まって命を落としたという古家だ
なるほど　この連中が押しかけたら
化け物でも鬼でも逃げだすのに違いない
爺さんが酒を分けてくれる
いい酒だ
酒の甕はまだまだあると云う
ようやさっ
なんだか面白くなってきた
連中にあわせて
つい踊り始めてしまうのである

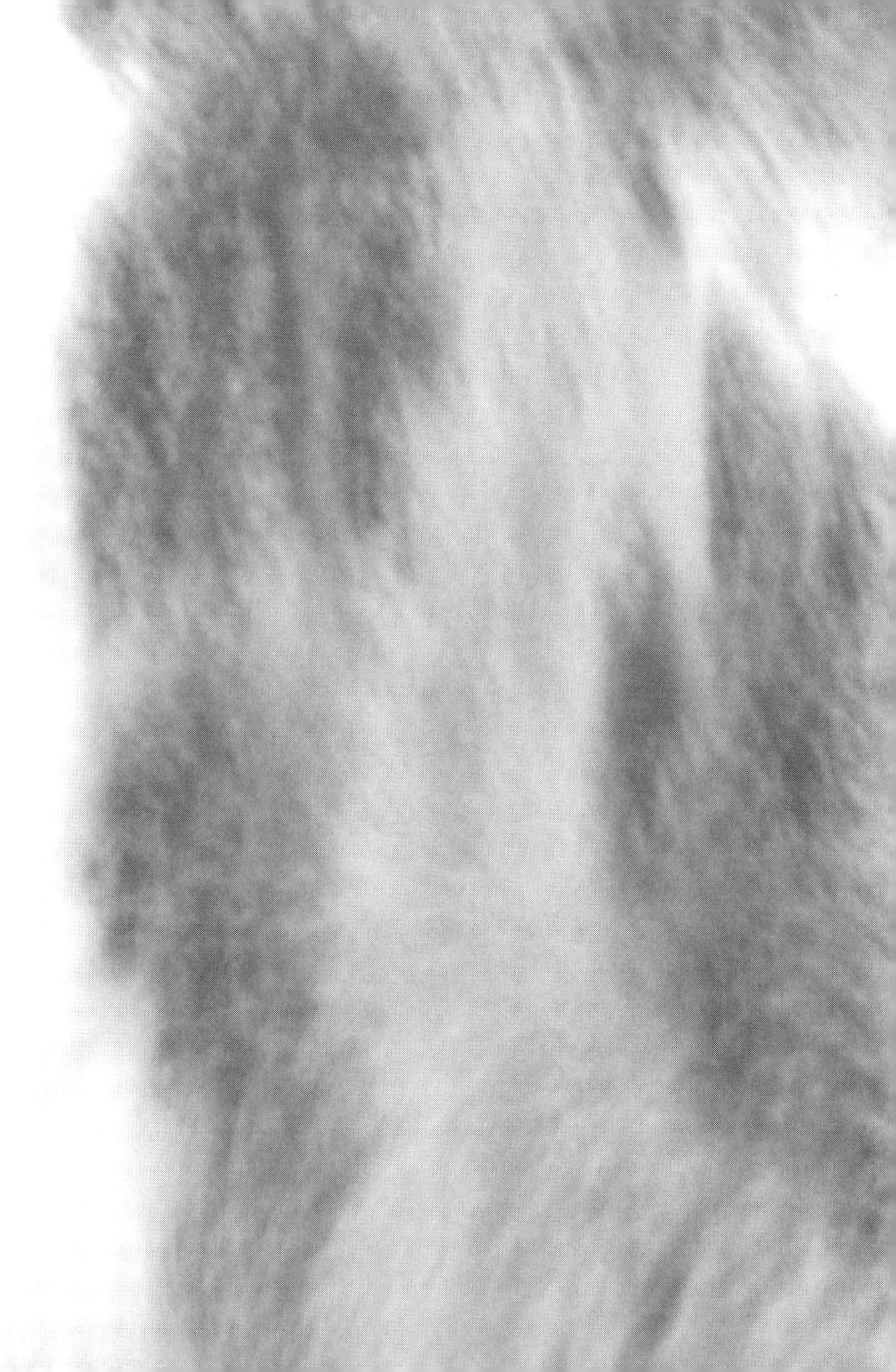

参考文献

篝火　今昔物語　巻第二十七　第十三　近江の国の安義の橋の鬼、人を噉らへる語
　同　巻第二十七　第十　仁寿殿の台代の御灯油取りに物来たる語

物忌み　今昔物語　巻第二十七　第十三　近江の国の安義の橋の鬼、人を噉らへる語

橋　今昔物語　巻第二十七　第十三　近江の国の安義の橋の鬼、人を噉らへる語

蛇身　今昔物語　巻第十三　第三　陽勝、苦行を修して仙人と成れる語
　同　巻第十四　第三　紀伊の国の道成寺の僧、法花を写して蛇を救へる語

崖　今昔物語　巻第二十七　第四十四　鈴鹿の山を通る三人、知らぬ堂に入りて宿れる語
　同　巻第二十八　第三十八　信濃守藤原陳忠、御坂に落ち入りたる語

狗　今昔物語　巻第三十一　第十五　北山の狗、人を妻と為せる語

山猫　今昔物語　巻第三十一　第十五　北山の狗、人を妻と為せる語

一本道　特になし

橋の鬼　今昔物語　巻第二十七　第十三　近江の国の安義の橋の鬼、人を噉らへる語

鬼の腕　太平記

狗鳴山　今昔物語　巻第二十九　第三十二　陸奥の国の狗山の狗、大蛇を咋ひ殺せる語

狗山　今昔物語　巻第二十九　第三十二　陸奥の国の狗山の狗、大蛇を咋ひ殺せる語

鼻　今昔物語　巻第二十八　第二十　池の尾の禅珍内供の鼻の語
芥川龍之介『鼻』

かまど猫　特になし

星月夜　今昔物語　巻第十六　第二十一　鎮西に下りし女、観音の助けに依りて賊の難を遁れ命を持てる語

鼻欠け　　特になし

海難　　今昔物語　巻第十九　第二十九　亀、山陰中納言に恩を報ぜる語

鳥寄せ　　今昔物語　巻第十九　第十四　讃岐の国の多度の郡の五位、法を聞きて即ち出家せる語

三人兄弟　　特になし

忌夜行日　　今昔物語　巻第十四　第四十二　尊勝陀羅尼の験力に依りて、鬼の難を遁れたる語
　　同　　巻第二十七　第十七　東人、川原の院に宿りて妻を取られたる語

今昔物語については、全て、岩波文庫　池上洵一氏編『今昔物語集』を参考にさせていただきました。

あとがき

これまで、いろいろな方たちとの繋がりの中で詩を作り続けてきました。今回の詩集も、そういった繋がりのお陰で、まとめることが出来たと思っております。

先ず、三十年近く続いている読書会。メンバーは現在、五人。毎月一回、主に小説を読んで、感想を述べあっていますが、課題の本は各人が選ぶことになっています。私が当番の時、たまには古典を読んでみようと思い、選んだことがきっかけとなって、今昔物語を読み耽るようになりました。

その後、所属している「花」で、「花セミナー」という催しが始まりました。この中では、同人が持ち回りで小講演を担当していますが、私の担当となった時、それでは今昔物語を紹介してみようと思い立ちました。二〇一五年の一〇月にこのセミナーは開催されましたが、これを機会に、また改めて今昔物語を読み返すことになりました。

この「花セミナー」の少し前、岐阜の早矢仕典子様から、詩誌「no-no-me」にゲストで詩を書いてほしいという依頼を受けていました。しかし、この時に限って、半年近く全く詩が作れない状態に陥ってしまって、年内一杯という締切りが迫ってきました。

困り果てた挙句、当時、その世界に浸りきっていた今昔物語を下敷きにして書いてみようということになりました。最初に作ったものは求められていた行数に収まらなかったため、結局、

「no-no-me」に送ったのは、三作目の作品でした。

この時、短時間で三作も作れたということで、この調子でもう少し書けるのではないかと思い、書き始めると、すぐに数編が出来上がりました。これならいっそのこと、詩集にまとめられる編数まで、一気に書いてしまおうという気になり、約四箇月で、二十三編を書き上げました。その中から選抜したのが、今回の二十編であります。

全く書けない状態から、急に未発表の作品を大量に抱えるという、一時、俄か金満家にでもなったような気分でした。ただ、作品発表の場は、私の場合、「花」と「地平線」です。この二つだけでは、なかなか発表しきれない。時間がかかり過ぎてしまいます。それで、「ノア」、「焱」、「詩と思想詩人集」、千葉県詩人クラブの「千葉県詩集」などにも載せていただきました。それらの発表の前には、原則として、毎月開催される千葉市詩話会の合評を受けて、いただいたご意見を参考に、手直しをしてきました。

こういったいろいろな団体の、大勢の方のご支援があって、詩集が出来上がりました。皆さん、有り難うございました。

また、詩集という形に仕上がるまでには、七月堂の社主、知念様、担当していただいた岡島様にも大変お世話になりました。御礼申し上げます。

二〇一七年九月　秋元　炯

著者略歴

秋元　炯（あきもとけい）

一九五二年　大阪市で生まれる
一九九六年　詩集『見えない凶器』（土曜美術社出版販売）
二〇〇〇年　詩集『血まみれの男』（土曜美術社出版販売）第十五回福田正夫賞
二〇〇三年　詩集『我らの明日』（土曜美術社出版販売）
二〇一〇年　詩集『幻獣図鑑』（花神社）
二〇一四年　詩集『ばなし』（花神社）

詩誌「花」・「地平線」同人
日本現代詩人会・日本詩人クラブ・日本詩歌句協会
千葉県詩人クラブ・千葉市詩話会会員

現住所　〒二七二―〇八二四　千葉県市川市菅野二―三―一五　山野方

今昔夢想

二〇一七年一一月二五日　発行

著　者　秋元　炯

発行者　知念　明子
発行所　七　月　堂
〒一五六―〇〇四三　東京都世田谷区松原二―二六―六
電話　〇三―三三二五―五七一七
FAX　〇三―三三二五―五七三一

印　刷　タイヨー美術印刷
製　本　井関製本

ISBN 978-4-87944-300-7　C0092